Dans cette histoire

Les super-héros du club sont des super-copains ! Mais quand Marco dit que son pouvoir est le plus fort, les autres ne sont pas d'accord. Chacun se met à bouder !

Chers parents,

Dans ce livre, vous trouverez des outils pour vous aider à accompagner votre enfant dans l'apprentissage de la lecture.

- En début d'ouvrage, un **résumé** aidera l'enfant à se projeter dans l'histoire et à appréhender le contexte.
- Les mots de ce texte sont soigneusement choisis : **mots outils** reconnaissables par un lecteur de CP, ou mots facilement déchiffrables. Les mots plus difficiles sont expliqués et illustrés dans le **lexique** page 30.
- Le **curseur** indiquera à l'enfant son avancement dans le texte.
- Tout au long du texte, une **question** ponctue chaque double page pour faciliter la compréhension.
- À la fin du livre, vous trouverez aussi des **conseils concrets** en cas de difficulté d'apprentissage.

Et n'oubliez pas : **lire, c'est avant tout un plaisir**. C'est pourquoi il est important, quel que soit le niveau de lecture de votre enfant, de continuer à lui lire des livres, pour continuer à nourrir sa motivation et le goût des belles histoires et tout simplement pour passer un moment complice avec lui.

Bonne lecture !

Agathe, https://lamaitresseetsesmonstrueux.wordpress.com.
Enseignante de cycle 2 depuis 2005

Le super-club

Céline Claire | Claire Wortemann

La dispute des super-héros

Larousse Jeunesse

Au club des super-héros, il y a
Arno et ses biscotos mécaniques,
Enzo et son cri supersonique, Nina
et sa cape aérodynamique
ainsi que...
Mais où est Marco ?

Comment s'appellent les super-héros ?

Soudain, quelqu'un arrive.
C'est un fantôme ! Il fait très peur
avec son œil qui brille !

C'est la panique !
Les super-héros filent se cacher
sous la table, dans une malle
et derrière le rideau.

Qui arrive dans le club ?

Marco enlève son drap et éclate de rire :

— Ah ah ah ! Comme vous avez eu peur ! Avec mon œil bionique, je suis le plus fort des super-héros !

Les amis ne sont pas
du tout contents !

Qui a fait une blague ?

— Tu veux rire ! Une cape aérodynamique, c'est mieux, dit Nina.

Arno répond :

— Jamais de la vie ! Des biscotos mécaniques, c'est mieux.

Enzo s'écrie :

— N'importe quoi ! Un cri supersonique, c'est mieux.

Qui se dispute ?

Les super-héros sont fâchés :

— Puisque c'est comme ça, je ne veux plus faire partie du club ! dit Nina.

— Moi non plus ! dit Enzo.

— Moi non plus ! dit Arno.

— Moi non plus ! dit Marco.

Juste à ce moment-là, la super-radio se met en route.

— Alerte ! Alerte ! Un super-méchant a volé la clé du parc de jeux.

Que se passe-t-il ?

Marco décide :

— Puisque c'est comme ça, j'y vais tout seul !

— Moi aussi ! dit Enzo.

— Moi aussi ! dit Arno.

— Moi aussi ! dit Nina.

Où vont les super-héros ?

En ville, le monstre est là, assis sur une poubelle. Entre ses griffes, il y a la clé.

Nina vole jusqu'à lui et crie :

— Redonne la clé !

Oh non ! Le monstre a aussi une cape aérodynamique. Il s'envole plus loin.

Enzo ouvre la bouche et hurle :

— REDONNE LA CLÉ !

Oh non ! Le monstre a aussi un cri supersonique. Enzo se bouche les oreilles.

Quels sont les pouvoirs du monstre ?

Marco ouvre son œil en grand
et lance :

— Redonne la clé !

Oh non ! Le monstre a aussi un œil bionique. Marco se cache derrière la poubelle.

Arno fait tourner son biscoto
et ordonne :

— Redonne la clé !

Oh non ! Le monstre a aussi
des biscotos mécaniques. Arno
n'arrive pas à lutter.

Quels sont les autres pouvoirs du monstre ?

Les super-héros vont se réfugier derrière la poubelle. Ils sont dépités.

— Tout seul, je n'y arrive pas. Je ne suis pas le plus fort des super-héros ! dit Arno.

— Moi non plus... dit Marco.

— Moi non plus... dit Nina.

— Moi non plus... dit Enzo.

Soudain, Marco a une idée.
Il l'explique à ses amis.

— Écoutez-moi !

Où sont les super-héros ?

À quatre, on est les plus forts !

E

Perché sur son lampadaire,
le super-méchant se sent invincible !

Soudain, quelqu'un arrive.
C'est un fantôme ! Un énorme fantôme qui vole ! Il fait très peur avec son œil qui brille, ses biscotos mécaniques et son cri supersonique :

— HOUUUUUUUU !

As-tu deviné qui était le fantôme cette fois-ci ?

Le monstre a tellement peur qu'il lâche la clé et file à toute vitesse. On ne le reverra plus jamais.

— Youpi ! On a réussi ! crient les super-héros.

Qui a gagné ?

Ouf ! Tous les enfants peuvent enfin aller jouer dans le parc. Dans l'herbe, Nina voit des fleurs. Elles ont quatre pétales… comme les quatre super-héros. Alors elle en cueille une et l'accroche à son masque. Enzo, Marco et Arno aussi !

Depuis les super-héros ont une fleur à leur masque. Impossible d'oublier qu'ils sont unis pour la vie !

Lexique

mécanique, *mécanique*

(adjectif) : qui fonctionne grâce à une machine. **p. 5**

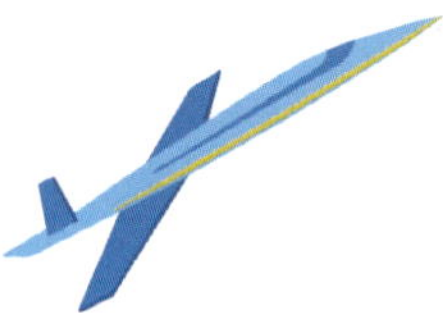

supersonique, *supersonique*

(adjectif) : qui dépasse la vitesse du son. **p. 5**

aérodynamique, *aérodynamique*

(adjectif) : objet qui a une forme permettant d'aller très vite. **p. 5**

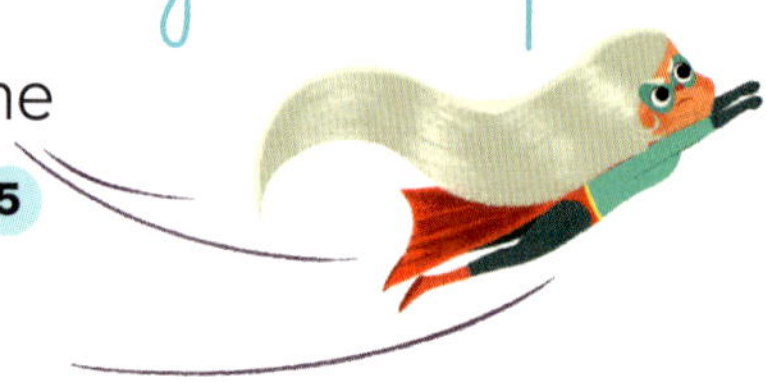

bionique, *bionique*

(adjectif) : très puissant. **p. 8**

dépité, *dépité*

(adjectif) : qui est déçu et triste. **p. 20**

expliquer, *expliquer*

(verbe) : donner des informations sur un sujet pour le rendre clair. **p. 21**

lampadaire, *lampadaire*

(nom masculin) : très grande lampe, sur un long pied. **p. 25**

invincible, *invincible*

(adjectif) : qu'on ne peut pas battre. **p. 25**

Les éditions Larousse remercient les élèves testeurs de CP.

Direction de la publication : Sophie Chanourdie
Coordination éditoriale : Sophie Nanteuil
Édition : Anne Castaing
Conception graphique : Françoise Maurel
Maquette : Graphicat
Fabrication : Rebecca Dubois

21, rue du Montparnasse – 75006 Paris
ISBN : 978-2-03-595887-7
Imprimé en Espagne
Dépôt légal : mars 2019
322905/11039946 – février 2019